◉将棋の　きほんの　ルール

◎――将棋は　ふたりで　おこなう　ゲームで、こうごに　こまを　うごかす。

◎――あいての「王」を　うごけなくしたほうが　かち。

◎――はんそくをすると、すぐ　まけになる。

◎――あいての　じんちに　入ったら、こまを　うらに　できる。

◎――こまが　うごける　ところに　あいての　こまが　いたら、とれる。

◎――とった　あいての　こまは　つかうことが　できる。

「歩(あゆむ)」が「と」に大(だい)へんしん！

川北亮司——作
藤本四郎——絵

汐文社
ちょうぶんしゃ

1

歩

ぼくは　このごろ、学校(がっこう)に　行(い)きたくありません。
だって、おなじ　二年二組(にねんにくみ)の　大川(おおかわ)くんたちが、ぼくのことを
「のろちび」「のろちび」といって、いじめるからです。

きょうの　あさも、そうでした。ぼくが　小学校(しょうがっこう)に　むかって
歩(ある)いていたときです。うしろから、大川(おおかわ)くんの　大(おお)きな
こえがしました。

「のろちび！　のろちび！」
ぼくが　ふりむくと、大川（おおかわ）くんと　山田（やまだ）くんが
はしってきました。
「のろちびが、はやく　歩（ある）いちゃ　だめだぞ！」
大川（おおかわ）くんが、ぼくの　ランドセルを、うしろに
ひっぱりました。
ぼくは、もう少（すこ）しで　たおれそうになりました。

でも、そんな ぼくを むしして、ふたりは たのしそうに
わらいながら、はしっていったのです。
ぼくは、学校(がっこう)が おやすみだと いいなあと おもいました。

おひるやすみになると、大川(おおかわ)くんが、まえの せきから
こえを かけてきました。
「のろちび。オレらと、そとで オニごっこしようぜ。」
ぼくは きょうしつで、本(ほん)を よむつもりでした。でも、
大川(おおかわ)くんに さからうと、なにをされるか わかりません。
しかたがないので、ついていきました。

こうていに　でると、　すぐに　大川くんが、　あつまった
五人に　ききました。
「オニは、　のろちびが　いいと　おもう　人。」
「はーい！」
みんなは　大きな　こえで　こたえました。
「オニは、　のろちびに　けってい！」
大川くんの　こえを　あいずに、　みんなは　すぐに
にげていきました。　ぼくは、　かってに　オニにされて
なきたくなりました。　しかたがないので、　ちかくに　いた

男の子(おとこのこ)を　おいかけました。
でも、ぜんぜん　おいつけません。べつの　子(こ)を
おいかけても、すぐに　にげられてしまいました。
みんなは　とおくのほうで、ぼくを　見(み)て
ふざけあっています。

「のろちび！ オニが おいかけなきゃ、
オニごっこにならないぞ！」
大川くんが、大ごえで さけびました。そのときです。
きゅうに すごい ちからで、ぼくの せなかが
たたかれたのです。

「オニに、ターッチ！」

山田くんでした。

ぼくは、山田くんを　おいかけました。でも、ぜんぜん
おいつけません。いきが　きれて、あしを　とめたときです。

「オニに、ターッチ！　そして、ついでに　キーック！」

大川くんが　うしろから、ぼくの　おしりを　けって
にげていきました。
「よわっちい、のろちび　オニーッ！」
「おもしろかったな！」
大川くんたちは、口ぐちに　さわぎながら、きょうしつに
はしっていきました。
ぼくは、いたい　おしりを　さすりながら、水どうで　水を
のんだのでした。

2

香

ぼくは、さんすうが　にがてです。たんにんの　おの先生が
くばってくれた　プリントには、むずかしい　もんだいが、
十こ　ならんでいました。

8×2＝□

□×6＝24

4×□＝36

5×9＝□

となりの　せきの　まいちゃんは、どんどん　こたえをかいています。まいちゃんは　なにをするのも　はやいです。まいちゃんは　プリントが　おわると、本だなから、すきな　本を　もってきて　よんでいます。

ぼくが、四つ目の　もんだいを　かんがえていたときです。おわりの　チャイムが　なってしまいました。

おの先生が、みんなを　見まわしました。

「おわっていない　人は、しゅくだいにしまーす。」

ぼくは　ためいきを　つきました。

ぼくは　まいちゃんと　はんたいに、なにをしても　いつも
おくれます。

大川（おおかわ）くんたちに、「のろちび」と、からかわれるのは
いやです。でも、きゅうしょくを　たべるのも、
かたづけをするのも、いつも　おくれてしまいます。

なんで　はやく　できないんだろう……。

ぼくが、ぼんやり　かんがえていたときでした。
まいちゃんが　はなしかけてきました。

「歩（あゆむ）くん。あした　わんぱくクラブに　行（い）くでしょ？」

「……うん。」

「おもしろいもの　見(み)せてあげるわよ。」

「なに？」

「ひ・み・つ。」

まいちゃんは、　たのしそうに　わらいました。

3

桂

ぼくは、大川（おおかわ）くんたちに「のろちび」と
よばれたくありません。だから、いろんなことが、
はやく　できるように、トレーニングをすることにしました。
かおを　あらうとき、これまでは　ゆっくり
あらっていました。でも、きょうは　手（て）を　はやく
うごかして　あらいました。はを　みがくときも　おなじです。
はブラシを、はやく　うごかして　みがきました。

いえの　中を　歩くときも、　ゆっくり　歩きません。
できるだけ　はしるようにしました。
ぼくが、　ベッドに　ねころんで、　ゲームで
あそんでいたときです。
「歩ちゃーん。　ごはんよー！」
お母さんの　こえが　きこえました。
ぼくは、　ベッドから　とびおりると、　はしって　すぐ
いすに　すわりました。　テーブルには、　サラダと　スープと
オムライスが、　ならんでいました。
「お母さん、　さきに　たべていい？」

「いいわよ。おなかが すいてたのね。」
お母さんは、わらいながら テーブルに つきました。
「いただきます。」
ぼくは、サラダを 口の 中で、五回 かんで
のみこみました。スプーンで オムライスを 口に 入れると、
いそいで かんで のみこみました。
お母さんは、びっくりした かおで、ぼくを 見ています。
「歩ちゃん、どうしたの？ なんで そんなに
あわててるの？」
ぼくは、スープを ごくごくと、のみこみました。

「歩ちゃん、だめでしょ。たべるときは、しっかり かんで、おちついて たべるんでしょ？」

そういわれて、ぼくは サラダに さした フォークを とめました。

「はやく たべる、トレーニングをしてるんだよ。学校で『のろちび』って、いわれないようにね。」

ぼくが いうと、お母さんは、ぼくの かおを まっすぐに 見つめました。

「学校で、そんなこと いわれてるの？」

ぼくは、だまって うなずきました。

「いつからなの？」

お母さんの　かおが、　きびしくなりました。

「このまえから……。」

「わかったわ。おの先生と　はなしてみるから、
しょくじのときは　おちついて、　しっかり　かんで
たべてちょうだい。」

お母さんは、　おこった　こえで　いったのでした。

4

銀

その日、ぼくは、きょうしつの そうじがかりでした。

そうじが おわってから、わんぱくクラブに 行きました。

ぼくは、クラブの しどういんの れいこさんに こえを
かけました。

「まいちゃんは？」

「まだ きていないわよ。」

れいこさんは そういいながら、 おもちゃの かたづけを

はじめました。

ぼくが、しゅくだいの さんすうの プリントを やっていたときです。まいちゃんが、となりの 組の ようくんと いっしょに やってきました。そして、ようくんに いいました。

「この子だよ。」

ようくんは、小さなものを つまんで、ぼくに 見せました。

「これ、よめる?」

ぼくは びっくりしました。

そこには、ぼくの なまえの 「歩」と、おなじ かんじが

かいてあったからです。「歩（あゆむ）」の　うらがわには、赤（あか）い　字（じ）で
ひらがなの「と」と　かいてあります。
「これ、なんなの？」

ぼくが　きくと、すぐに　まいちゃんが
せつめいしてくれました。
「これは　将棋の　こまの　『歩』よ。歩くんと　おなじ　字で
おもしろいでしょ？」
ぼくが　うなずくと、まいちゃんは　ぼくの　手から　「歩」を
とりました。
「ようくん、将棋を　やろう。」
「うん。」
まいちゃんは　テーブルの　上に、たてと　よこに　せんが
たくさん　かいてある、いたを　ひろげました。

ふたりは　マス目の　中に、いろいろな　字の　こまを、
ならべました。すると、ようくんが　「歩」を　三まい　手の
中で　ふってから、いたの　上に　なげました。おもての
「歩」が　二まいで、うらの　「と」が　一まいです。それから、
「よろしく　おねがいします。」
と、ふたりで　あいさつを　しました。
ぼくは、ふたりが　将棋で　あそぶのを　見ていました。
ようくんが　さきに、じぶんの　こまを　うごかしました。
つぎは　まいちゃんの　ばんです。

ふたりは　こうたい　ごうたいに、じぶんの　こまを
うごかして　います。
こまの　しゅるいによって、大きさも　うごきかたも
ちがうようです。とおくまで　すすめる　こまが　あります。
ななめまえに　すすめる　こまも　あります。ぼくの　なまえと
おなじ「歩」は、いちばん　小さくて　まえに　ひとつずつしか
すすめないようです。
ぼくは、そんな「歩」を　見ていたら、なにをするのも
のろくて　ちびの　じぶんみたいだなと　おもってしまいました。

5

金

ぼくは　いつものように、お母（かあ）さんと　いっしょに
わんぱくクラブから　かえってきました。
よるの　ごはんを　たべてから、お母（かあ）さんに　ききました。
「ねえ、将棋（しょうぎ）って　しってる？」
「パチパチって　やるやつでしょ？　お父（とう）さんは　子（こ）どものころ
やってたみたいだけど……。でも、きゅうに
どうしたの？」

「将棋（しょうぎ）の　こまに、　ぼくの　なまえと　おなじ　字（じ）が
あるんだよ。」
「ああ、『歩（ふ）』のことよね。」

「あれ？　将棋を　しってるの？」

「ちょっとだけよ、ちょっとだけ。」

お母さんは、てれくさそうに　わらいました。

「ねえねえ、あそびかたを　おしえてくれる？」

「いいわよ。ルールを　インターネットで　しらべてあげるから、
しゅくだいを　やってね。」

「はーい！」


ぼくが、こくごの　しゅくだいを　おわらせたときです。

お母さんが、一まいの　プリントを　もってきてくれました。

「これが　いちばん　わかりやすそうよ。」

プリントには、「将棋の　ルールと　あそびかた」とかいてありました。

まいちゃんと　ようくんが　あそんでいたときに、気が　ついたことは　まちがいでは　ありません。将棋のこまが　ちがうと、すすめる　ところも　ちがいます。

ぼくは　じぶんの　なまえと　おなじ　かんじの　「歩」を見ました。「歩」は、やっぱり　まえに　ひとつずつしかすすめません。

プリントには、そのほかに　「あいての　王を　とったら

かち」とか、「あいての じんちに 入（はい）ったら、 こまを うらに
できる」とか、 ルールが かいてありました。
ぼくは その日（ひ）、 ベッドの 中（なか）で、 将棋（しょうぎ）の プリントを
見（み）ることにしました。
でも、 プリントを 見（み）ながら、 いつのまにか
ねむってしまったのでした。

6 角

ぼくは　学校に、将棋の　プリントを　もっていきました。

まいちゃんに、ききたいことが　あったからです。

「ねえ、将棋のことなんだけど……。」

ぼくは、まいちゃんに　こえを　かけました。

「あれ？　歩くん、将棋の　べんきょうしてるの？」

ぼくは、小さく　うなずいて、プリントを　ゆびさしました。

「『二歩』は、はんそくって　かいてあるけど、あいての　人の

『歩』は　あっても　いいの？」

まいちゃんは、うなずきました。

「将棋は　あいての　こまを　とれるのは　しってるよね？」

「うん。」

「じぶんの　『歩』が、おなじ　たての　マス目に　あるときに、あいてから　とった　『歩』を　うったら　『二歩』で　はんそくまけよ。」

「へえ～っ。」

「あ、でも　『と』になっているなら　だいじょうぶよ。」

「『と』って、『歩』の　うらに　かいて　ある……。」

「そうそう。『歩』は、あいての じんちに 入ると、『と』になれるの。『歩』は、まえに ひとつずつしか うごけなかったけど、『と』になると、『金』と おなじ うごきかたが できるのよ。」

「へえ～。『歩』が つよくなるんだ。」

ぼくは、プリントを 見ながら、へんしんできる 「歩」が、ちょっと うらやましくなりました。

きょうの 四時間目は、体いくかんでした。ぼくは 体いくが、にがてです。みんなの ように はやくはしれません。

体(たい)いくかんには、とびばこと　マットが、じゅんびされていました。ぼくは、とびばこを　二(に)だんとべるか　ふあんでした。とべなかったら　はずかしいです。ドキドキしていると、おの先生(せんせい)が、「ピーッ」と、ふえをふきました。

「しゅうごうーっ！」

ぼくたちが、先生(せんせい)の　まえに　あつまると、大(おお)きな　こえでせつめいしました。

「とびばこを　とぶまえに、みんなで

じゃんけん馬とびを　します。ちかくの　人と、
ふたり　ひと組に　なって　ください。」
ぼくが、まわりを　見ようと　したら、すぐに　大川くんが、
ぼくの　手を　にぎって　きました。
「のろちび、よろしくな！」
大川くんは、ニヤニヤして　います。じゃんけんを　すると、
ぼくが　かちました。さいしょは　大川くんが　馬に　なりました。

大川くんは、大きな 体を ちぢめました。体の 小さい
ぼくのために、ひくくしてくれています。ぼくでも
かんたんに、とべそうな たかさです。
ぼくは、あんしんして 大川くんに むかって はしりました。
そして、大川くんの せなかに、手を のばしたときです。
大川くんが、きゅうに 体を たかくしたのです。

ドーン！

ぼくは　とまれなくて、体ごと　ぶつかってしまいました。
すると、大川くんは　すぐに　いいました。
「こうたい、こうたい！」
なんだか　うれしそうです。
ぼくは　ふあんになりながら、馬になりました。
なにをされるか　わかりません。でも、にげられません。
せなかを　まるめて、きんちょうしていました。
すると、大川くんは　はしってくると、ぼくの　せなかを、

バシッ！

りょう手[て]で　おもいきり　たたいて　とびました。

そして　すぐに、

「のろちびは、これで　もっと　ちびになったぞ！」

そういって　わらいました。

ぼくは、はを　くいしばって、せなかの　いたさを

がまんしたのでした。

7

飛

きょうの　きゅうしょくは、ごはんと　やさいスープと、
なっとうと　オレンジゼリーと　ぎゅうにゅうでした。
ぼくは、なっとうが　にがてなので、さいごに　たべようと
おもっていました。
やさいスープは、すごく　おいしくて、口(くち)の　中(なか)が、
ほっこりしています。やさいを、もぐもぐしていたときです。
おの先生(せんせい)が、ぼくたちに　いいました。

「先生は、これから ようじが ありますので、さきに
ごちそうさまをします。みんなは、しっかり
たべてくださいね。」
そういって、きょうしつから でていきました。すると
すぐに、まえの せきの 大川くんが、うしろを
ふりむきました。
「あれ？ のろちび、まだ はんぶんも たべてないぞ。」
大川くんは、じぶんの ぎゅうにゅうパックを もって、
ぼくのほうを むいて すわりなおしました。
大川くんは、ぼくの かおの すぐ まえで いいました。

「ちゃんと　たべないと、いつまでも　のろちびの　まんまだぞ。ほらほら。」

ぼくは、せかされて、やさいを　口に　入れました。

「あれ？　なっとう、なんで　のこしてんだ？」

ぼくは、いそいで　なっとうを　口に　入れました。口の中は、やさいと　なっとうで　ぐちゃぐちゃです。なかなかのみこめません。

すると、大川くんは　ぎゅうにゅうパックを　ぼくの　手に

にぎらせました。

「ほら、ぎゅうにゅう　ぎゅうにゅう！」

ぼくに、ぎゅうにゅうを　むりやり　のませたのです。

「ほら、のみこめよ！」

「や、やめてー！」

そして、あわてて　のみこもうとした　そのときでした。

うわーっ!!

ゲップと　いっしょに、おなかの　中(なか)のものが、ぜんぶ
大川(おおかわ)くんの　かおに、かかってしまったのです。
「ひえーっ!!」
大川(おおかわ)くんは、ひめいを　あげて、いすから
ころげおちました。大川(おおかわ)くんの　かおと　シャツは、
ぎゅうにゅうと　やさいスープと　なっとうで、ぐちゃぐちゃ、

べちゃべちゃです。
「ご、ごめん……。」
ぼくは、小さな こえで あやまりました。でも 大川くんは、
なきながら はしって、きょうしつを でていったのです。
二年二組の きょうしつは、すごく しずかでした。
みんなは きゅうしょくを たべるのも わすれて、
ぼくのほうを 見ています。
ぼくの ちかくで、ぼーっと たっていた 山田くんは、
「おまえ、いがいと すごいな……。」
ぽつんと つぶやきました。

そのときです。となりの　せきの　まいちゃんが、
ぞうきんを　もってきてくれました。
「だいじょうぶ？」
まいちゃんに　こえを　かけられて、ぼくは　だまって
うなずきました。
「ほけんしつに　行く？」
ぼくは、くびを　よこに　ふったのでした。

8

王

その日(ひ)の　じゅぎょうの　あとです。
わんぱくクラブに　行(い)く　とちゅうでした。ぼくが　校門(こうもん)から
でて、いつもの　みちを　歩(ある)いていたときです。
「のろちび！　のろちび！」
そういいながら、うしろから、山田(やまだ)くんが
はしってきました。ぼくは、しかえしをされると　おもって、
きんちょうして　ふりむきました。

ところが　山田くんは、ぼくの　よこを、
「すごいぞ、のろちび！」
そういって、はしっていったのでした。
ぼくは、山田くんが　なんで　そんなことを　いったのか、
かんがえながら　わんぱくクラブの　ドアを　あけました。
「ただいま。」
いつものように　あいさつをすると、子どもたちと
ボールで　あそんでいた　れいこさんが、ぼくのほうに
やってきました。

「おかえりなさい。 あれ？ どうしたの？ シャツが
よごれてるわよ。 なにか あったの？」
ぼくが こたえに こまって いたときです。 まいちゃんが、
はしってきて すごい いきおいで、 しゃべりました。
「ねえねえ。 れいこさん、 きいて きいて！ きょうね、
歩くんが すごかったの。」
「え？ なにが？」
「歩くん、 きゅうしょくのとき、 いじめっ子に むりやり
いっぱい たべさせられたら、 口から、 ぜんぶ ブワーって
でちゃったんだよ。」

れいこさんは、びっくりして、目を まるくして います。

「それじゃあ、たいへんだったじゃないの。」

「そうよ。すごかったのよ。」

まいちゃんは、すぐに つづけて はなしました。

「歩くんを、いつも いじめて いた 子が、歩くんに なかされちゃった。だから、みんな びっくりしたんだ。」

れいこさんは、小さく うなずいて います。

「歩くん　たいへんだったみたいだけど、いまは
だいじょうぶなの？」
　ぼくは、だまって　うなずきました。
「ね、すごかったよね！」
「う、うん……。」
　まいちゃんに　いわれて、ぼくは　山田くんが　どうして
すごいといったのか　わかったのでした。

9

と

ぼくが、学校の しゅくだいを やろうとして、
ランドセルを あけたときです。
クラブの へやで、いつものように まいちゃんと
ようくんが、将棋で あそびはじめました。将棋の ルールを
おぼえた ぼくは、ふたりの ところに 行きました。
「見てて いい？」
ぼくが いうと、ようくんが いいました。

「ぼく にわで ドッジボールするから、 まいちゃんと
やってみる?」

ぼくは おもわず うなずきました。

まいちゃんは ぼくの かおを のぞきこみました。

「将棋(しょうぎ)で、 あそべるようになったの?」

「ちょっと……。」

「じゃあ、 こまを ならべられるかな?」

ぼくは おぼえた とおりに、 こまを ならべました。

「あってる、 あってる。」

まいちゃんは そういいながら、 じぶんの 「歩(ふ)」を

三まい　手の　中で　ふって、いたの　上に　おとしました。

三まいとも「と」でした。

まいちゃんは、ぼくに　さきに　やるように　いいました。

ぼくが、どの　こまを　うごかすか　かんがえていると、

「はじめは、『歩』を　うごかせばいいわよ。」

まいちゃんが　いいました。

ぼくは、いちばん　右はしの「歩」を、ひとつ　まえに

すすめました。

まいちゃんは、すぐに　じぶんの　こまを　うごかしました。

ぼくは、また「歩」を　うごかしました。少しずつ、

将棋っぽくなってきました。

　そうやって　おたがいの　こまを　うごかしていました。でも、じかんが　たつと　ぼくの　こまは、どんどん　とられて、あっというまに「王」も　とられてしまったのです。

「歩くんの　将棋は、まだまだだね。」

　まいちゃんは　そういってから、きゅうに　にこにこした　かおになりました。

「きょうは、すごかったね。大川くんを　やっつけちゃったんだから、歩くんが　『と』になったみたいだったよ。」

「『と』に？」

「そうよ。『歩(あゆむ)』が 『と』に 大(だい)へんしん！」

まいちゃんは わらいながら、「歩(ふ)」を つまんで
見(み)せたのでした。

その日の よるです。
ぼくは、テーブルの 上に、かってもらった 将棋ばんを
ひろげて、こまを ひとつひとつ ならべました。
きょうから まいにち、将棋の べんきょうをすることに
きめたのです。
そして、ぼくは こまを ならべながら かんがえました。
（あしたは 大川くん、学校で なんて いってくるかな……。
でも、だいじょうぶ、ぼくは いつでも
へんしんできる……。）
ぼくは、まいちゃんに いわれた ことばが うれしくて、

ひとりごとを　いいました。

「『歩（あゆむ）』が　『と』に　大（だい）へんしん！」

ぼくは、「歩（ふ）」を　つまむと　パチッと　おとをさせて

「と」にしたのでした。

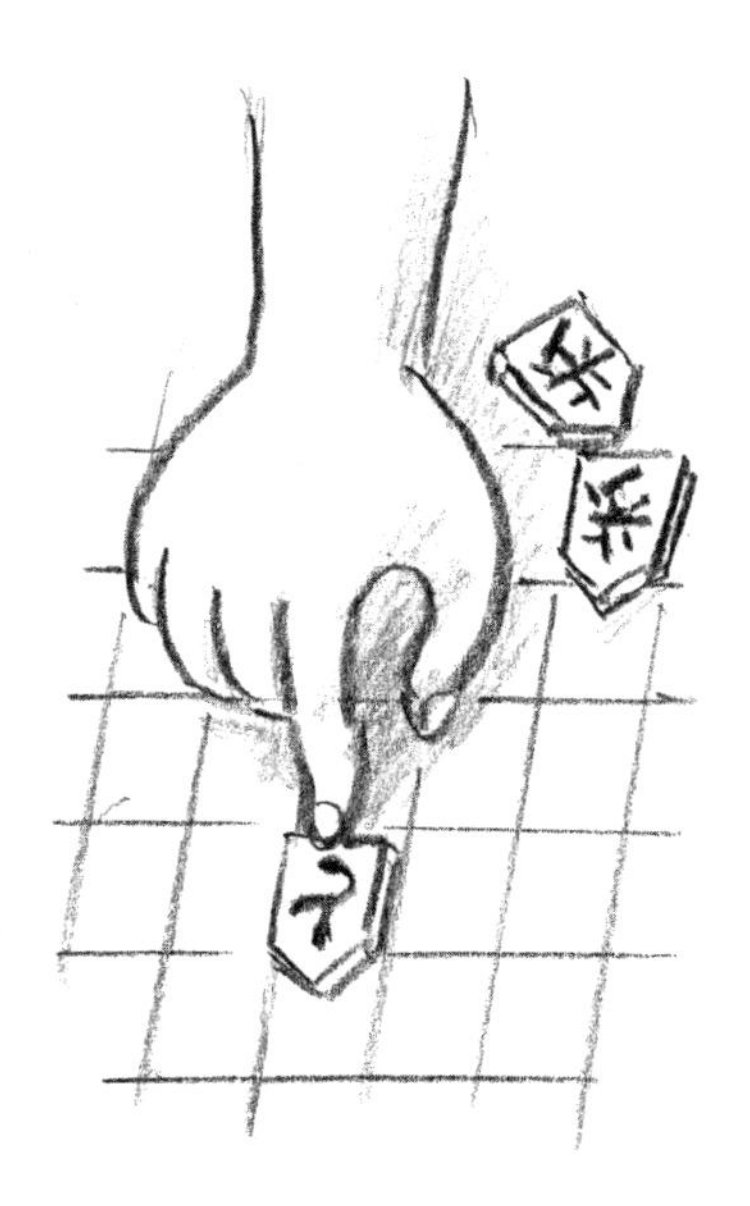

〈あとがき〉

川北 亮司

学校での いじめは、なかなか なくなりません。

むかしは、目に 見える いじめが おおかったのですが、このごろは、心を きずつける 見えにくい いじめが おおくなっている 気がします。

だれかを いじめるのは、おもしろいかも しれません。たのしいかも しれません。でも、あいての 人が どうおもっているか、どうかんじているか、ちょっとだけで いいので かんがえてほしいのです。もし、あいての 人から、おなじことをされたら、どんな きもちになりますか？ かんがえるのは、たった それだけです。

それだけのことを、ひとりひとりが かんがえれば、きょうしつは まちがいなく たのしく あかるくなるでしょう。もちろん、学校ぜんたいもです。

この本は、1983年に いじめを テーマに かいた、『へんしん！ スグナクマン』（草炎社）と おなじく、がかの 藤本四郎さんと コンビを くんだ さくひんです。

一日も はやく きょうしつから 学校から、いじめが なくなることを ねがっています。

汐文社の 門脇大さん（子どものとき、『へんしん！ スグナクマン』の どくしゃだった）、たくさんたくさん、ありがとうございました。

この本の かんそうを、おくってくださいね。たのしみに まっています。

川北亮司（かわきた・りょうじ）
1947年東京都に生まれる。早稲田大学卒業。日本児童文学者協会元理事代表、現評議員。大学在学中『はらがへったらじゃんけんぽん』（絵・山崎英介、講談社）で第4回日本児童文学者協会新人賞受賞。『へんしん！　スグナクマン』（絵・藤本四郎、草炎社、第30回青少年読書感想文コンクール課題図書）、『里山で木を織る――藤布がおしえてくれた宝物』（絵・山田花菜、汐文社）他、作品多数。将棋ペンクラブ会員、「将棋ペンクラブ大賞」最終選考委員。

藤本四郎（ふじもと・しろう）
1942年福岡県に生まれる。高校卒業後、大阪のCM・PR映画会社で背景画を描く。東京の虫プロダクションでは美術を担当。「まんが日本昔ばなし」の演出・キャラクターデザインを手掛ける。その後、フリーのイラストレーターとして活動。児童書のさし絵、紙芝居、絵本の分野で、また、風景画家として活躍中。『ねずみのえんそくもぐらのえんそく』（文・絵、ひさかたチャイルド）、『ぼくたちのおばけ沼――「ひとりぼっち」の友情物語』（文・中村淳、汐文社）他、作品多数。第30回高橋五山奨励賞（幼児教育紙芝居）受賞。

《かんそうの　とどけさき》
〒102-0071　東京都千代田区富士見1-6-1　汐文社編集部

「歩(あゆむ)」が「と」に大(だい)へんしん！

2024年8月　第1刷発行

作者　川北亮司
画家　藤本四郎
装丁　中垣デザイン事務所（平沢純）
編集　門脇大
発行者　三谷光
発行所　株式会社汐文社　東京都千代田区富士見1-6-1
電話　03-6862-5200
FAX　03-6862-5202
WEB　https://www.choubunsha.com
印刷　新星社西川印刷株式会社
製本　東京美術紙工協業組合

ISBN978-4-8113-3129-4

◉この本(ほん)に　でてくる　こま

王将（おうしょう）
上下左右と　ななめ
すべての　むきを
ひとつずつ　うごける。
なれない。

飛車（ひしゃ）
上下左右　どこまでも
うごける。
なると　ななめ　すべて
ひとつずつ　うごける。

角行（かくぎょう）
ななめの　どのむきも
どこまでも　うごける。
なると　上下左右も
ひとつずつ　うごける。

金将（きんしょう）
左右の　ななめ下
いがい　すべて
ひとつずつ　うごける。
なれない。

銀将（ぎんしょう）
左右と　下いがい
すべて　ひとつずつ
うごける。
なると　金の　うごき。

桂馬（けいま）
ふたつ上の
左右ななめに　うごける。
こまを　とびこせる。
なると　金の　うごき。

香車（きょうしゃ）
上に　どこまでも
うごける。
なると　金の　うごき。

歩兵（ふひょう）
上に　ひとつずつ
うごける。
なると　金の　うごき。

と金（ときん）
歩が　なって
うらがえしに
なったときの　すがた。
赤い　もじ。